茨木のり子

永遠の詩

02

永遠の詩 02

茨木のり子

造本・装丁——有山達也＋中島美佳（アリヤマデザインストア）

時代を超えて、りんと

高橋順子

りんとした声、歯切れのいいひびきが、どの詩の中にもみなぎっている。それは、挫《くじ》けがちな自分を、そして他者を励ましながら、明るいほうへ、快活なほうへ手を差し伸べる、強靭《きょうじん》でしなやかな精神から迸《ほとばし》り出たものである。

茨木のり子は一九二六年、大阪に生まれた。一九四五年、第二次世界大戦敗戦の年には十九歳。虐《しいた》げられた青春を生きねばならなかった世代に属する。荒廃した国土の中で誰もが萎縮していたときに、自分と他人を勇気づける詩を書いた。名詩「根府川の海」「わたしが一番きれいだったとき」などは、時代を超えて人びとの感銘を呼び、心を揺さぶる。

茨木詩の特徴は、詩の拠《よ》って立つところを、対話に、またメッセージに求めている点である。現代詩は孤独な魂のつぶやきであると、信じている人もいるが、茨木はつぶやきにはっきりと声を与える。曖昧《あいまい》なところがない。力が入ると、檄《げき》を飛ばす。力あまって「ばかものよ」と叫んだりする、「自分の感受性くらい／自分で守れ／ばかものよ」と。

しっかり地に足をついて、人びとともに、しかし迎合せず生きよ、と詩の上で諭《さと》してくれた人でもある。女にも男にも、生きかたについて示唆してくれる数少ない女性詩人の一人だった。それが現代詩人には珍しく、大勢の読者を獲得している理由の一つだろう。

言葉は平易であるが、最初から不思議なくらい洗練されていた。時々俗語や文語が混じり、それがじつに所を得て、いきいきと親しみやすい表情を浮かべているのが、茨木詩を読む楽しみの一つでもある。修飾をはらい、畳みかけるように強い言葉の中に、たおやかな言葉を見出すこともある。全三巻の著作に『茨木のり子集　言の葉』（二〇〇二年　筑摩書房）と銘打っただけのことはある。

茨木は二〇〇六年二月、病いのため急逝した。享年七十九。「Y」と書かれた箱に一九七五年五月に死去した夫・三浦安信をしのぶ詩稿が残された。最後の詩集『歳月』である。これは亡き夫との対話であり、自分との対話であった。一方で人を鼓舞する詩を書き、一方で内部に沈潜する詩を書いていたことになる。まぎれもない詩精神の産物を遺していってくれたのである。茨木のり子は全身で詩を生きたのだった。

もくじ

本書について

○本書は、茨木のり子の全詩より三十六篇を選び、各篇に短い鑑賞解説を加えたものである。選および鑑賞解説の執筆は、高橋順子がおこなった。

○配列は以下の詩集の順とした。『対話』『見えない配達夫』『鎮魂歌』『人名詩集』『自分の感受性くらい』『寸志』『食卓に珈琲の匂い流れ』『倚りかからず』『歳月』。単行詩集未収録作品である「一人は賑やか」と「みずうみ」は、『鎮魂歌』と『人名詩集』の間に配した。

○本文表記はすべて右記詩集に従ったが、振り仮名は適宜追加した。

根府川の海

根《ね》府《ぶ》川《かわ》
東海道の小駅
赤いカンナの咲いている駅

たっぷり栄養のある
大きな花の向うに
いつもまっさおな海がひろがっていた

中尉との恋の話をきかされながら
友と二人ここを通ったことがあった

あふれるような青春を
リュックにつめこみ
動員令をポケットに

ゆられていったこともある

燃えさかる東京をあとに
ネーブルの花の白かったふるさとへ
たどりつくときも
あなたは在った

丈高いカンナの花よ
おだやかな相模《さがみ》の海よ

沖に光る波のひとひら
ああそんなかがやきに似た
十代の歳月
風船のように消えた
無知で純粋で徒労だった歳月
うしなわれたたった一つの海賊箱

ほっそりと

蒼《あお》く
国をだきしめて
眉をあげていた
菜ッパ服時代の小さいあたしを
根府川の海よ
忘れはしないだろう？

女の年輪をましながら
ふたたび私は通過する
あれから八年
ひたすらに不敵なこころを育て

海よ

あなたのように
あらぬ方を眺めながら……。

三二頁の「わたしが一番きれいだったとき」とともに、戦時下の女性の青春を回想した名詩である。
茨木のり子は、一九二六年（大正一五）六月十二日、大阪に生れた。四三年、東京の蒲田にあった帝国女子医学・薬学・理学専門学校（現・東邦大学）薬学部に入学したが、敗色の濃い中「動員令」を受けて、軍需工場に就業したりした。「『櫂《かい》』小史」というエッセイで、茨木はこの詩を書いた時のことを語っている。休日で映画館に出かける前、夫を待たせて「十分位で、ちゃらちゃらと書いた」そうだ。「海賊箱」は海賊の宝物箱のことだが、十代という金銀財宝がつまっていた。それは波の底に沈んでしまった。

茨木は「国をだきしめて／眉をあげていた」軍国少女だった。「菜ッパ服」は薄青色の作業服、いわゆる「ブルーカラー」。戦時にあってもおだやかで、かがやく波を送っていた海。詩人は海と同化することで「ひたすらに不敵なこころを育て」た。小田原市南の根府川の駅には夏になると、半世紀以上を経た今もカンナの花が咲くと聞いた。第一詩集『対話』所収。

対話

ネーブルの樹の下にたたずんでいると

白い花々が烈《はげ》しく匂い
獅《し》子《し》座《ざ》の首星が大きくまたたいた
つめたい若者のように呼応して

地と天のふしぎな意志の交歓を見た！
たばしる戦慄《せんりつ》の美しさ！

のけ者にされた少女は防空頭巾《ぼうくうずきん》を
かぶっていた　隣村のサイレンが
まだ鳴っていた

あれほど深い妬《ねた》みはそののちも訪れない

対話の習性はあの夜幕を切った。

戦時下の真っ暗な夜、花々の香りは刺すように強く、星々もまた頭上近くに鋭く光っていただろう。地と天は人などに目もくれず「ふしぎな意志の交歓」をなすものであるかのように、少女には思われた。この光景が茨木にとっての詩的原点であろう。「『対話』という詩があったから、それを採って詩集名にしたのだが、気どって言えば『ダイアローグをこそ欲しい』という、敗戦後の時代色とも無縁ではなかったかもしれない。そして、今に至るまで『モノローグよりダイアローグを』という希求は一貫して持ち続けてきたような気がする」(「第一詩集を出した頃」)。

この言葉どおり、心を開いて他者に呼びかける詩を書きつづけた人である。

方言辞典

よばい星　それは流れ星
いたち道　細い小径《こみち》
でべそ　出歩く婦人
こもかぶり　密造酒
ちらんぱらん　ちりぢりばらばら

のおくり
のやすみ
つぼどん
ごろすけ

考えることばはなくて
野兎《のうさぎ》の目にうつる
光のような

風のような
つくしより素朴なことばをひろい
遠い親たちからの遺産をしらべ
よくよく眺め
貧しいたんぼをゆずられた
長男然と　灯の下で
わたしの顔はくすむけれど

炉辺《ろばた》にぬぎすてられた
おやじの
木綿の仕事着をみやるほどにも

おふくろのまがった背中を
どやすほどにも

一冊の方言辞典を
わたしはせつなく愛している。

医師であった父の転勤に従い京都、愛知に移り住んだ。専門学校は東京。父は長野県人。生母と夫は山形の人。日本語のさまざまな響きを耳にしてきたことになる。方言は「遠い親たちからの遺産」であって、「よばい星」は『枕草子』にも見出される。この詩が書かれた一九五三年には、まだ方言はこの国の津々浦々で大きな顔をして、健やかだった。「のおくり」は野辺送り。「のやすみ」は農休み。「つぼどん」はタニシ。「ごろすけ」はフクロウ。意味をはしょっているのは、言葉の響きとリズムにこそ耳を傾けよ、ということだろう。『対話』所収。

見えない配達夫

I

三月　桃の花はひらき
五月　藤の花々はいっせいに乱れ
九月　葡萄《ぶどう》の棚に葡萄は重く
十一月　青い蜜柑《みかん》は熟《う》れはじめる

地の下には少しまぬけな配達夫がいて
帽子をあみだにペタルをふんでいるのだろう
かれらは伝える　根から根へ
逝きやすい季節のこころを

世界中の桃の木に　世界中のレモンの木に
すべての植物たちのもとに

どっさりの手紙　どっさりの指令
かれらもまごつく　とりわけ春と秋には

えんどうの花の咲くときや
どんぐりの実の落ちるときが
北と南で少しずつずれたりするのも
きっとそのせいにちがいない

秋のしだいに深まってゆく朝
いちぢくをもいでいると
古参の配達夫に叱《しか》られている
へまなアルバイト達の気配があった

II

三月　雛《ひな》のあられを切り
五月　メーデーのうた巷《ちまた》にながれ
九月　稲と台風とをやぶにらみ

十一月　あまたの若者があまたの娘と盃《さかずき》を交す

地の上にも国籍不明の郵便局があって
見えない配達夫がとても律儀に走っている
かれらは伝える　ひとびとへ
逝きやすい時代のこころを

世界中の窓々に　世界中の扉々に
すべての民族の朝と夜とに
どっさりの暗示　どっさりの警告
かれらもまごつく　大戦の後や荒廃の地では

ルネッサンスの花咲くときや
革命の実のみのるときが
北と南で少しずつずれたりするのも
きっとそのせいにちがいない

未知の年があける朝

じっとまぶたをあわせると
虚無を肥料に咲き出ようとする
人間たちの花々もあった

「I」は季節の移ろいをメルヘンのように描いたもの。季節のメッセンジャーが「見えない配達夫」である。えんどうの花は南のほうが早く開き、どんぐりの実は北のほうが早く落ちるのも、「少しまぬけな配達夫」のせいだと愛らしく考える。「II」はそれを人の営みに当てはめたもの。五月、メーデーの唄は、もう街に流れなくなった。まことに「逝きやすい時代のこころ」である。「大戦の後や荒廃」を冬の時代ととらえ、「ルネッサンスの花」を春、「革命の実」を秋ととらえて巨視的な展望を示しているが、少々図式的ではないか。ただ最後の二行は説得的であり、ここから人は勇気をもらう。詩集『見えない配達夫』の表題作。

ぎらりと光るダイヤのような日

短い生涯
とてもとても短い生涯
六十年か七十年の

お百姓はどれほど田植えをするのだろう
コックはパイをどれ位焼くのだろう
教師は同じことをどれ位しゃべるのだろう

子供たちは地球の住人になるために
文法や算数や魚の生態なんかを
しこたまつめこまれる

それから品種の改良や
りふじんな権力との闘いや

不正な裁判の攻撃や
泣きたいような雑用や
ばかな戦争の後始末をして
研究や精進や結婚などがあって
小さな赤ん坊が生れたりすると
考えたりもっと違った自分になりたい
欲望などはもはや贅沢品になってしまう

世界に別れを告げる日に
ひとは一生をふりかえって
じぶんが本当に生きた日が
あまりにすくなかったことに驚くだろう

指折り数えるほどしかない
その日々の中の一つには
恋人との最初の一瞥《いちべつ》の
するどい閃光《せんこう》などもまじっているだろう

〈本当に生きた日〉は人によって
たしかに違う
ぎらりと光るダイヤのような日は
銃殺の朝であったり
アトリエの夜であったり
果樹園のまひるであったり
未明のスクラムであったりするのだ

この詩は一九五七年に書かれた。それから半世紀以上経って、平均寿命も大幅に延びたが、六、七十年が八、九十年になったところで、「とてもとても短い生涯」であることには変わりないだろう。「銃殺」は第二次世界大戦の血なまぐさい記憶に拠るか。「スクラム」は、ラグビーのそれではなく、労働者の団結の形態である。「きらりと光るダイヤのような日」、つまり「本当に生きた日」があれば、この人生に悔いなし、ということもできるだろう。『見えない配達夫』所収。

六月

どこかに美しい村はないか
一日の仕事の終りには一杯の黒麦酒《ビール》
鍬《くわ》を立てかけ　籠《かご》を置き
男も女も大きなジョッキをかたむける

どこかに美しい街はないか
食べられる実をつけた街路樹が
どこまでも続き　すみれいろした夕暮は
若者のやさしいさざめきで満ち満ちる

どこかに美しい人と人との力はないか
同じ時代をともに生きる
したしさとおかしさとそうして怒りが
鋭い力となって　たちあらわれる

夏至のころ、野良仕事の後の黒麦酒なんて最高。ベルギーかハンガリーあたりの村だったら、こんな光景も見られるだろうか。第二連の街路樹は桜桃でも枇杷《びわ》でも杏《あんず》でもいいな。「すみれいろした夕暮」はごくたまに訪れるが、若者が集まれば、「さざめき」ではなく、喧騒だろう、とくに今の時代は。第三連は「おかしさ」という言葉がなければ、革命歌のような雰囲気だ。当時はこの詩に鼓舞された人たちもいたことだろう。中学校国語教科書にも載った。『見えない配達夫』所収。

わたしが一番きれいだったとき

わたしが一番きれいだったとき
街々はがらがら崩れていって
とんでもないところから
青空なんかが見えたりした

わたしが一番きれいだったとき
まわりの人達が沢山死んだ
工場で　海で　名もない島で
わたしはおしゃれのきっかけを落してしまった

わたしが一番きれいだったとき
だれもやさしい贈物を捧げてはくれなかった
男たちは挙手の礼しか知らなくて
きれいな眼差《まなざし》だけを残し皆発《た》っていった

わたしが一番きれいだったとき
わたしの頭はからっぽで
わたしの心はかたくなで
手足ばかりが栗色に光った

わたしが一番きれいだったとき
わたしの国は戦争で負けた
そんな馬鹿なことってあるものか
ブラウスの腕をまくり卑屈な町をのし歩いた

わたしが一番きれいだったとき
ラジオからはジャズが溢れた
禁煙を破ったときのようにくらくらしながら
わたしは異国の甘い音楽をむさぼった

わたしが一番きれいだったとき
わたしはとてもふしあわせ

わたしはとてもとんちんかん
わたしはめっぽうさびしかった

だから決めた　できれば長生きすることに
年とってから凄く美しい絵を描いた
フランスのルオー爺さんのように
　　　　　ね

戦争のために青春を奪われたという普遍的なテーマに沿った名詩で、広く長く読みつがれてきた。この詩の成立事情を、少し長いが茨木自身のエッセイから引く。「同級生の中には進駐軍を恐れ、娘の操を守るべく、はやばやと丸坊主になってしまった人もいて、しばらくの間頭巾をかぶって登校していた。／その頃『ああ、私はいま、はたちなのね』と、しみじみ自分の年齢を意識したことがある。眼が黒々と光を放ち、青葉の照りかえしのせいか鏡の中の顔が、わりあいきれいに見えたことがあって……。けれどその若さは誰からも一顧だに与えられず、みんな生きるか餓死するかの土壇場で、自分のことにせい一杯なのだった。十年も経てから『わたしが一番きれいだったとき』という詩を書いたのも、その時の残念さが残ったのかもしれない」(「はたちが敗戦」)。

茨木は悪びれることなく、自分が若く美しかったことを、まだ若さが残っている時代に堂々と言挙げした。「わたしが一番きれいだったとき」という言葉を各連の最初に置き、繰り返すことで歌謡性が付着し、愛唱される詩になった。もっともまばゆく哀切なのは第三連である。男たちの「きれいな眼差」には、死を覚悟した者のもつ晴朗さが宿っていたのだ。最終連では、報われずに失われた美しさを、生への充実をもって補うことに換えようとする。爽やかな一陣の風のように。『見えない配達夫』所収。

小さな娘が思ったこと

小さな娘が思ったこと
ひとの奥さんの肩はなぜあんなに匂うのだろう
木犀《もくせい》みたいに
くちなしみたいに
ひとの奥さんの肩にかかる
あの淡い靄《もや》のようなものは
なんだろう？
小さな娘は自分もそれを欲しいと思った
どんなきれいな娘にもない
とても素敵な或《あ》るなにか……

小さな娘がおとなになって
妻になって母になって
ある日不意に気づいてしまう

ひとの奥さんの肩にふりつもる
あのやさしいものは
日々
ひとを愛してゆくための
　ただの疲労であったと

「ひとの奥さん」の落ち着いた、感じのいい雰囲気をうまく表現している。それはつまりは「日々／ひとを愛してゆくための／ただの疲労であったと」気づくのだが、奥さんたちにとっては十分に癒《いや》される種類の疲労だったからだろう。のちに茨木は述べている。「へんなもので現在は、何一つ疲れを知らない、何でもやってのけられそうな若い娘の、可能性に満ちた肩に惹かれることが多い」（「自作について」『現代の詩人7　茨木のり子』）。うまくいかないものだ。『見えない配達夫』所収。

怒るときと許すとき

女がひとり
頬杖《ほおづえ》をついて
慣れない煙草《たばこ》をぷかぷかふかし
油断すればぽたぽた垂れる涙を
水道栓のように　きっちり締め
男を許すべきか　怒るべきかについて
思いをめぐらせている
庭のばらも焼林檎《やきりんご》も整理簞笥《せいりだんす》も灰皿も
今朝はみんなばらばらで糸のきれた頸飾《くびかざ》りのようだ
噴火して　裁いたあとというものは
山姥《やまんば》のようにそくそくと寂しいので
今度もまたたぶん許してしまうことになるだろう
じぶんの傷あとにはまやかしの薬を
ふんだんに塗って

これは断じて経済の問題なんかじゃない

女たちは長く長く許してきた
あまりに長く許してきたので
どこの国の女たちも鉛の兵隊しか
生めなくなったのではないか？
このあたりでひとつ
男の鼻っぱしらをボイーンと殴り
アマゾンの焚《たき》火《び》でも囲むべきではないか？
女のひとのやさしさは
長く世界の潤滑油であったけれど
それがなにを生んできたというのだろう？

女がひとり
頬杖をついて
慣れない煙草をぷかぷかふかし
ちっぽけな自分の巣と
蜂の巣をつついたような世界の間を

行ったり来たりしながら
怒るときと許すときのタイミングが
うまく計れないことについて
まったく途方にくれていた
それを教えてくれるのは
物わかりのいい伯母様でも
深遠な本でも
黴《かび》の生えた歴史でもない
たったひとつわかっているのは
自分でそれを発見しなければならない
ということだった

第一連の最終行に「断じて経済の問題なんかじゃない」とあるのは、経済的自立云々の問題ではなく、人間としての矜持《きょうじ》の問題だというのだろう。詩は妻と夫から転じて、女と男の問題に至る。「鉛の兵隊」は錫《すず》を型に流し込んで鋳造した玩具の兵隊。おのれの意志をもたず体制に従うものの意。「アマゾン」はアマゾン川と女族アマゾンとを掛ける。詩人はたぶん怒り心頭に発して詩を書きはじめたのだが、書いているうちになだめられてきた。女と男の関係とはいえ、自分一人の問題に帰すことに思い至ったからである。『見えない配達夫』所収。

女の子のマーチ

男の子をいじめるのは好き
男の子をキイキイいわせるのは大好き
今日も学校で二郎の頭を殴ってやった
二郎はキャンといって尻尾《しっぽ》をまいて逃げてった
　　　二郎の頭は石頭
　　　べんとう箱がへっこんだ

パパはいう　お医者のパパはいう
女の子は暴れちゃいけない
からだの中に大事な部屋があるんだから
静かにしておいで　やさしくしておいで
　　　そんな部屋どこにあるの
　　　今夜探険してみよう

おばあちゃまは怒る　梅干ばあちゃま
魚をきれいに食べない子は追い出されます
お嫁に行っても三日ともたず返されます
頭と尻尾だけ残し　あとはきれいに食べなさい
　お嫁になんか行かないから
　魚の骸骨《がいこつ》みたくない

パン屋のおじさんが叫んでた
強くなったは女と靴下　女と靴下ァ
パンかかえ奥さんたちが笑ってた
あったりまえ　それにはそれの理由《わけ》があるのよ
　あたしも強くなろうっと!
　あしたはどの子を泣かせてやろうか

女の子の勇ましい行進曲。「お医者のパパ」の言葉は、実際に耳にしたことがあったのだろう。もののことわりを説く、静かでやさしい言葉。「戦後、強くなったのは女と靴下」という言葉は一九五三年の流行語。「元は愛媛県のミカン山で農協職員がもらした一言を、記者の門田勲が朝日新聞に書いたのがきっかけで広まった。戦後の復興期、日本中にその実感がしみわたっていたのだろう」(「朝日新聞」二〇〇九・七・四)。『鎮魂歌』所収。

汲む

——Y・Yに——

大人になるというのは
すれっからしになることだと
思い込んでいた少女の頃
立居振舞の美しい
発音の正確な
素敵な女のひとと会いました
そのひとは私の背のびを見すかしたように
なにげない話に言いました

初々《ういうい》しさが大切なの
人に対しても世の中に対しても
人を人とも思わなくなったとき
堕落が始るのね　堕《お》ちてゆくのを

隠そうとしても　隠せなくなった人を何人も見ました

私はどきんとし
そして深く悟りました

大人になってもどぎまぎしたっていいんだな
ぎこちない挨拶《あいさつ》　醜く赤くなる
失語症　なめらかでないしぐさ
子供の悪態にさえ傷ついてしまう
頼りない生牡蠣《なまがき》のような感受性
それらを鍛える必要は少しもなかったのだな
年老いても咲きたての薔薇《ばら》　柔らかく
外にむかってひらかれるのこそ難しい
あらゆる仕事
すべてのいい仕事の核には
震える弱いアンテナが隠されている　きっと……
わたくしもかつてのあの人と同じくらいの年になりました
たちかえり

今もときどきその意味を
ひっそり汲《く》むことがあるのです

献辞の「Y・Y」は新劇女優の山本安英。背筋をちゃんと伸ばしなさい、とハッパをかけてくれるのが茨木の詩だが、なかには、それでいいのよ、と肩に手を置いてくれる詩もある。自分の中の「震える弱いアンテナ」を大事にしよう。「自分の感受性くらい／自分で守れ／ばかものよ」（六一頁）と一喝されないために。『鎮魂歌』所収。

一人は賑やか

一人でいるのは　賑《にぎ》やかだ
賑やかな賑やかな森だよ
夢がぱちぱち　はぜてくる
よからぬ思いも　湧《わ》いてくる
エーデルワイスも　毒の茸も

一人でいるのは　賑やかだ
賑やかな賑やかな海だよ
水平線もかたむいて
荒れに荒れっちまう夜もある
なぎの日生まれる馬《ば》鹿《か》貝《がい》もある

一人でいるのは賑やかだ
誓って負けおしみなんかじゃない

一人でいるとき淋しいやつが
二人寄ったら　なお淋しい
おおぜい寄ったなら
だ　だ　だ　だ　だっと　堕落だな

恋人よ
まだどこにいるのかもわからない　君
一人でいるとき　一番賑やかなヤツで
あってくれ

一九六八年、同人詩誌「櫂」に初出。同年、三善晃によって作曲された。単行詩集には収録されなかった。「一人でいるとき　一番賑やかなヤツ」は、いろいろ考えたり、感じたりで、忙しくてたまらないヤツ、精神的に自立しているヤツである。まだ恋人に出会わないでいる若い人たちに、ぜひ読んでほしい詩の一つである。

みずうみ

〈だいたいお母さんてものはさ
しいん
としたとこがなくちゃいけないんだ〉

名台詞《めいぜりふ》を聴くものかな!

ふりかえると
お下げとお河童《かっぱ》と
二つのランドセルがゆれてゆく
落葉の道

お母さんだけとはかぎらない
人間は誰でも心の底に
しいんと静かな湖を持つべきなのだ

田沢湖のように深く青い湖を
かくし持っているひとは
話すとわかる　二言　三言で

それこそ　しいんと落ちついて
容易に増えも減りもしない自分の湖
さらさらと他人の降りてはゆけない魔の湖

教養や学歴とはなんの関係もないらしい
人間の魅力とは
たぶんその湖のあたりから
発する霧だ

早くもそのことに
気づいたらしい
小さな
二人の
娘たち

「兄弟」（五四頁）という詩でも、子ども同士の会話を書きとめているが、茨木は子ども同士のおしゃべりに興味しんしん耳を傾ける人だったようだ。「しいん／としたとこがなくちゃいけないんだ」——他者にはあずかり知れぬ心の領域をもっているべきだ、と子どもは言いたかったのである。それを茨木は心の中の湖と見た。美しい詩的飛躍である。「母の友」一九六九年二月号に初出。単行詩集には収録されなかった。

握手

手をさし出されて
握りかえす
しまったかな？　と思う　いつも
相手の顔に困惑のいろ　ちらと走って

どうも強すぎるらしいのである
手をさし出されたら
女は楚々《そそ》と手を与え
ただ委《ゆだ》ねるだけが作法なのかもしれない

ああ　しかし　そんなことがなんじゃらべえ
わたしは　わたしの流儀でやります

すなわち

親愛の情ゆうぜんと溢れるときは
握力計でも握るように
ぐ　ぐ　ぐっと　力を籠める
痛かったって知らないのだ
ブルガリヤの詩人は大きな手でこちらの方が痛かった
老舎の手はやわらかで私の手の中で痛そうだった

『人名詩集』の巻頭の詩。人名のよく出てくる井伏鱒二の『厄よけ詩集』にぞっこん参って、それを念頭にこの詩集は成った。しかし人名を記すことによって具体化し、いきいきとした手ざわりを得ようとするのは、散文精神である。詩と散文のせめぎあいから生れた詩といえようか。茨木は他者に手を差し伸べる。握手をする。茨木詩のもつメッセージ性はこのように直接性に根ざしたものである。

老舎《ラオシャ》(一八九九〜一九六六)は中国の小説家・劇作家。ユーモアとペーソスあふれる筆致で北京の人や風物を描いた。文化大革命の折、紅衛兵の迫害を受けて自殺。代表作『駱駝祥子《ロートシアンツ》』。

兄弟

〈じゅん子　兄ちゃんのこと好きか〉
〈すき〉
〈好きだな〉
　〈うん　すき〉
〈兄ちゃんも　じゅん子のこと大好きだ
　よし　それではっと……何か食べるとするか〉

天使の会話のように澄んだものが
聴えてきて　はっと目覚める
夜汽車はほのぼのあける未明のなかを
走っている
乗客はまだ眠りこけたまま
小鳥のように目覚めの早い子供だけが
囀《さえず》りはじめる

お爺さんに連れられて夏休みを
秋田に過しに行くらしい可愛《かわい》い兄弟だった
窓の外には見たことのない荒海が
びしりびしりとうねりつづけ
渋団扇《しぶうちわ》いろの爺さんはまだ眠ったまま
心細くなった兄貴の方が
愛を確認したくなったものとみえる

不意に私のなかでこの兄弟が
一寸法師のように成長しはじめる
二十年さき　三十年さき
二人は遺産相続で争っている
二人はお互いの配偶者のことで　こじれにこじれている
兄弟は他人の始まりという苦い言葉を
むりやり飲みくだして涙する

ああ　そんなことのないように

彼らはあとかたもなく忘れてしまうだろう
羽越線のさびしい駅を通過するとき
交した幼い会話のきれはし　不思議だ
これから会うこともないだろう他人の私が
彼らのきらめく言葉を掬《すく》い
長く記憶し続けてゆくだろうということは

「兄妹」と書かずに「兄弟」と書く。これが一時代前の書き方だった。なにしろＰＴＡの保護者会は母親の参加が多いにもかかわらず、長く父兄会と呼ばれていたのだから……。

茨木には二歳下の弟がいた。早くに生母を亡くしたため、姉弟の絆は深かったようだ。冒頭のまことに天使的な会話は詩人に拾われたがゆえに、あかの他人の筆者も長く記憶にとどめることになった。会話に注意深く耳を傾けるのは、茨木の詩的出発が戯曲だったことと大いに関係がある。放送劇の作品も多い。『人名詩集』所収。

吹抜保

心は　ぽかん
秋のそら
ぶらりぶらりの散歩みち
一軒の表札が目にとまった

吹抜保

ふきぬけたもつ　か
ふきぬきたもつ　か
吹抜家に男の子がうまれたとき
この家の両親は思ったんだ
吹抜という苗字《みようじ》はなんぼなんでも　あんまりな
親代々の苗字ゆえしかたもないが
天まで即座に　ふっとびそうではないか

この子の名には　きっかりと
おもしをつけてやらずばなるまい

吹抜《ふきぬけ》保《たもつ》　いい名前だ　緊張がある
庭には花も咲いていて
一家のあるじとなった保氏は
なんとか保っているようだ
年はわからないが
たもっちゃん
ながく　ながく　保っておれ

『人名詩集』の題名にぴったりの詩。この人は表札として登場するにすぎないが、詩人は彼の両親の命名に感じ入って、一篇の詩をものした。「心は　ぽかん／秋のそら／ぶらりぶらりの散歩みち」と絶妙な導入部があって、吹抜家へと案内される。「たもっちゃん」本人は、詩人の大切な知己となったことをおそらく知らないだろう。それも愉快。

自分の感受性くらい

ぱさぱさに乾いてゆく心を
ひとのせいにはするな
みずから水やりを怠っておいて

気難かしくなってきたのを
友人のせいにはするな
しなやかさを失ったのはどちらなのか

苛《いら》立《だ》つのを
近親のせいにはするな
なにもかも下手だったのはわたくし

初心消えかかるのを
暮しのせいにはするな

そもそもが　ひよわな志にすぎなかった

駄目なことの一切を
時代のせいにはするな
わずかに光る尊厳の放棄

自分の感受性くらい
自分で守れ
ばかものよ

『自分の感受性くらい』の表題作。茨木は自分に向かって発言し、「ばかものよ」と喝を入れたのだとは思うが、読者もそれぞれ身に思い当たる節もあり、親しく喝を入れられるのである。不快ではない。「……のせいにはするな」のフレーズが繰り返し現れ、「うた」の要素を強め、親しみやすいものにしている。

知命

他のひとがやってきて
この小包の紐《ひも》　どうしたら
ほどけるかしらと言う

他のひとがやってきては
こんがらかった糸の束
なんとかしてよ　と言う

鋏《はさみ》で切れいと進言するが
肯《がえん》じない
仕方なく手伝う　もそもそと

生きてるよしみに
こういうのが生きてるってことの

おおよそか　それにしてもあんまりな

まきこまれ
ふりまわされ
くたびれはてて

ある日　卒然と悟らされる
もしかしたら　たぶんそう
沢山のやさしい手が添えられたのだ

一人で処理してきたと思っている
わたくしの幾つかの結節点にも
今日までそれと気づかせぬほどのさりげなさで

「知命」は「五十にして天命を知る」(『論語』)ところから五十歳の称。身近にあってありふれた事物から、たちまちのうちに詩が噴出する。同じく「櫂」同人の吉野弘に「ほぐす」(『北入曽』一九七七年)という詩がある。「紐であれ、愛欲であれ、結ぶときは／『結ぶ』とも気付かぬのではないか／ほぐすときになって、はじめて／結んだことに気付くのではないか」という一節に、筆者は共感したものだ。茨木は、ほぐすときに「沢山のやさしい手が添えられたのだ」と悟る。どちらも心に残る。『自分の感受性くらい』所収。

木の実

高い梢《こずえ》に
青い大きな果実が　ひとつ
現地の若者は　するする登り
手を伸ばそうとして転り落ちた
木の実と見えたのは
苔《こけ》むした一個の髑髏《どくろ》である

ミンダナオ島
二十六年の歳月
ジャングルのちっぽけな木の枝は
戦死した日本兵のどくろを
はずみで　ちょいと引掛けて
それが眼窩《がんか》であったか　鼻孔であったかはしらず
若く逞《たくま》しい一本の木に

ぐんぐん成長していったのだ

生前
この頭を
かけがえなく　いとおしいものとして
掻《かき》抱《いだ》いた女が　きっと居たに違いない

小さな顳顬《こめかみ》のひよめきを
じっと視《み》ていたのはどんな母
この髪に指からませて
やさしく引き寄せたのは　どんな女《ひと》
もし　それが　わたしだったら……

絶句し　そのまま一年の歳月は流れた
ふたたび草稿をとり出して
嵌《は》めるべき終行　見出せず
さらに幾年かが　逝く

もし　それが　わたしだったら
に続く一行を　遂に立たせられないまま

木の実と見えた「苔むした一個の髑髏」は、敗戦後二十六年を経ていきなり現れた、戦争という木に生った果実である。健やかな南の樹木の歳月と、ひたすら苔を培養した髑髏のそれとの対比は凄まじい。この詩では詩人は戦死した兵士の身内の女にわが身を重ねるのである。「この頭を……」「この髪に……」とわが手で、かいなでるごとくである。「それがわたしだったら……」と書いて、そこで余情を与える終わり方を詩人は選ばなかった。最後の二連を書き記すことによって、そこまでの時間を凍結し、宙吊りにすることによって、訴求力をいや増しにしたといえる。

『自分の感受性くらい』所収。

幾千年

流沙に埋もれ
幾千年を眠っていて
ふいに寝姿あらわにされた
楼蘭の少女

花ひらかぬまにまなこ閉じ
金髪　小さなフェルト帽
ラシャと革とのしゃれた服
しなやかな足には靴を穿《は》き

ミイラになってまで
恥じらいの可憐さを残し
身じろぐあなたから立ちのぼる
つぶやき

ああ　まだ　こんなの
たくさんの風
たくさんの星座のめぐり
たくさんの哀しみが流れていったのに

当時新聞の一面に、中国・楼《ろう》蘭《らん》で美少女のミイラが発掘されたということが、写真入りで報道された。それを見て、想像して書いたものである。「まだ　こんなの」という、ため息まじりの言葉が詩人の耳に聞こえた気がした。幾千年の深い眠りを打ち破られた美少女の夢は、永遠への道のりを辿《たど》っていたのだ。『寸志』所収。

落ちこぼれ

落ちこぼれ
　和菓子の名につけたいようなやさしさ
落ちこぼれ
　いまは自嘲や出来そこないの謂《いい》
落ちこぼれないための
　ばかばかしくも切ない修業
落ちこぼれにこそ
　魅力も風合いも薫るのに
落ちこぼれの実
　いっぱい包容できるのが豊かな大地
それならお前が落ちこぼれろ
　はい　女としてはとっくに落ちこぼれ
落ちこぼれずに旨《うま》げに成って
　むざむざ食われてなるものか

落ちこぼれ
　結果ではなく
落ちこぼれ
　華々しい意志であれ

この国では、目立たないように身を処していないと、後ろ指を指されて生きにくいことになる。それゆえ、出足がにぶい人、遠回りしている人には、「落ちこぼれ」という美しくも、ありがたくないレッテルが貼られる。いまこの国の大地は、落ちこぼれの葉っぱを収容すべき弾力を失っているように、筆者の目には見える。この詩を書いたころの茨木は、みなさん、意志的に落ちこぼれようではありませんか、と檄《げき》をとばしていたのだが……。

さて、『作家のおやつ』(平凡社コロナブックス所収・二〇〇九年)によると、茨木が好きだった和菓子は名古屋の養老軒の白と黒の外郎《ういろう》、山形県鶴岡の栃餅だったそうだ。『寸志』所収。

この失敗にもかかわらず

五月の風にのって
英語の朗読がきこえてくる
裏の家の大学生の声
ついで日本語の逐次訳が追いかける
どこかで発表しなければならないのか
よそゆきの気取った声で
英語と日本語交互に織りなし

その若々しさに
手を休め
聴きいれば

この失敗にもかかわらず……
この失敗にもかかわらず……

そこで　はたりと　沈黙がきた
どうしたの？　その先は

失恋の痛手にわかに疼《うず》きだしたのか
あるいは深い思索の淵に
突然ひきずり込まれたのか
吹きぬける風に
ふたたび彼の声はのらず
あとはライラックの匂いばかり

原文は知らないが
あとは私が続けよう
そう
この失敗にもかかわらず
私もまた生きてゆかねばならない
なぜかは知らず
生きている以上　生きものの味方をして

「この失敗にもかかわらず」とは、いかにも直訳の固い日本語である。しかし若者の胸に突き刺さる日本語なのだった。大学生の声はその後聞こえてこない。詩人は沈黙の上をなぞりたくなった。「生きてゆかねばならない」という類のことが後につづくはずだ。なぜ「生きてゆかねばならない」か。なぜなら、と詩人は考える。「生きている以上　生きものの味方をして」。つまり生きものの一員として、あらゆる生きものとともに。有無を言わせぬ明快な論理である。『寸志』所収。

花ゲリラ

あの時　あなたは　こうおっしゃった
なつかしく友人の昔の言葉を取り出してみる
私を調整してくれた大切な一言でした
そんなこと言ったかしら　ひャ　忘れた

あなたが　或《あ》る日或る時　そう言ったの
知人の一人が好きな指輪でも摘《つま》みあげるように
ひらり取り出すが　今度はこちらが覚えていない
そんな気《き》障《ざ》なこと言ったかしら

それぞれが捉《とら》えた餌《えさ》を枝にひっかけ
ポカンと忘れた百《も》舌《ず》である
思うに　言葉の保管所は
お互いがお互いに他人のこころのなか

だからこそ
生きられる
千年前の恋唄も　七百年前の物語も
遠い国の　遠い日の　罪人の呟《つぶや》きさえも

どこかに花ゲリラでもいるのか
ポケットに種子《たね》しのばせて何喰わぬ顔
あちらでパラリ　こちらでリラパ！
へんなところに異種の花　咲かせる

「ゲリラ」は遊撃戦を行なう部隊、また戦法。猛々しいものに「花」を冠して、鮮やかなイメージを形づくっている。これまで見てきたように、茨木は他者の言葉から詩の種をもらうことがあった。それが詩の花になるというわけだ。言葉というものは、「他人のこころのなか」に「保管」されて、生きのびていく、と茨木は考える。遠く近く、浅く深く、対話がつねに行なわれている、と。『寸志』所収。

寸志

どこかで
赤ん坊が発声練習をしている
飽きもせず母音ばかりをくりかえし
鶯《うぐいす》の雛《ひな》のように
わたしもあんなふうにやったのだろう
アーチャンと母を呼んだのが
日本語発した最初だったらしいが
その時　仁義は切らなかった
〈これより日本語　使わせてもらいます〉とは
相続税も払わずに
ごくずんべらと我がものにした
オコウコ　ホーレンソウ　ド　ド　ドロップ

字が読めるようになると

夢中で言葉を拾い
精鋭　木蓮《もくれん》　仁和寺《にんなじ》　朕《ちん》
な　散《ち》り乱《みだ》りそ　筒井筒《つついづつ》
江口《えぐち》の里はどこかいな
少しずつ少しずつ　たまってきて
少しずつ少しずつ　ふりつもって
わたしの語彙がいま何千語なのか
何万語なのか計算できないほどなのに
どこからも所得税はかかってこない
は　と打ち驚けば　ぎっくり腰だ

生まれてきては　使い捨て
使い捨てられたものを　また拾い
拾ったものを惜しげなくポイして
人は来り
人は去る
目には見えない堆積はくろぐろと
この上もなく豊かな腐蝕土で

どんな小っちゃな種子でさえ
発芽させないではおかないだろう

おおかたは足ばやに通りすぎて行く
生きることに懸命で
鋤《す》きかえしもせず
色も見ず
匂いも嗅《か》がないで
でもそれは素敵なことかもしれない
意外にしゃれた殺し文句
ドス利いた台詞を突ったてたりしながら
まったく気づいていなかったりするのは

生まれたときが〈アーァ〉で
死ぬときがまた〈あーぁ〉で
遺言書ばやりなのに
〈我ガハナシ言葉譲渡ノ件〉という
分配書を託して逝ったひともなかった

陽や風や水のように
それなくては生きられないものが
もっとも忘れさられて
〈来る来る話　嘘じゃないの〉
ひっきりなしに　軽々と
チンケな葉っぱがふりつもる

味噌汁一年のまずとも
平気なやからも増えてきて
「いつからか
国土というものに疑いを持ったとき
私の祖国と呼べるものは
日本語だと思い知りました*」
なる名言放ったひとがなつかしまれ

ダイアル廻《まわ》したが不在だった
スワヒリ語で暮すひとたちも
しかあらむ

と伝えたかった

母国語に
しみじみ御礼を言いたいが
なすすべもなく
せめて手づくりのお歳暮でも贈るつもりで
年に何回かは
誇らしきものを書かなくちゃ

＊石垣りん著『ユーモアの鎖国』より。

『寸志』の表題作。詩は志でもある。日本語へのユーモラスな感謝状である。「仁和寺」は京都市御室《おむろ》の寺。『徒然草』に、同寺の法師が余興に三本足の鼎《かなえ》をかぶって踊ったところが抜けなくなってしまい、無理に引っ張ってもらったところ、耳鼻が欠けてしまった、という話が出ている。「朕」は天子、天皇の自称。「筒井筒」は、丸井戸の筒状の外枠。『伊勢物語』に「つつゐつの井筒にかけしまろがたけ過ぎにけらしな妹見ざるまに」とあるところから、男女の幼なじみ。「江口」は世阿弥作の謡曲。摂津の国江口の里を訪れた旅僧が、西行と遊女江口の君が詠みかわした唄を口ずさむと、遊女の亡霊が出現する。普賢菩薩の化身だった。「は　と打ち驚けば」は、蕪村の和詩「北寿老仙をいたむ」に「はと打《うち》ちれば」とある。「チンケ」は、サイコロばくちで一の目を「ちん」というところから、みすぼらしい意。言葉という葉っぱゆえ、それらは「たまってきて」「ふりつもって」くるので、人びとはそれらを「拾い」「捨て」「ポイして」、その結果腐蝕土となる。このあたり直喩の明快な運びである。外来語でも何でも取り入れることのできる豊かな言語体系をもつ日本語の特性をよくあらわしている。「スワヒリ語」はアフリカ東部・中部の共通語。石垣りん(一九二〇〜二〇〇四)は詩人。茨木の親友だった。日本語こそ祖国だという石垣に茨木は深く共感するのである。

隣国語の森

森の深さ
行けば行くほど
枝さし交し奥深く
外国語の森は鬱蒼《うっそう》としている
昼なお暗い小道　ひとりとぼとぼ
栗は밤《パーム》
風は바람《パラム》
お化けは도깨비《トッケビ》
蛇　　밤《ペーム》
秘密　비밀《ピーミル》
茸　　버섯《ポソッ》
무서워《ムソウォ》　こわい

入口あたりでは

はしゃいでいた
なにもかも珍しく
明晰《めいせき》な音標文字と　清冽《せいれつ》なひびきに
陽の光　햇빛《ヘッピッ》
うさぎ　토끼《トキ》
でたらめ　엉터리《オントリ》
愛　사랑《サラン》
きらい　싫어요《シロヨ》
旅人　나그네《ナグネ》

地図の上朝鮮国にくろぐろと墨をぬりつつ秋風を聴く

啄木《たくぼく》の明治四十三年の歌
日本語がかつて蹴《け》ちらそうとした隣国語
한글《ハングル》
消そうとして決して消し去れなかった한글《ハングル》
용서하십시오《ヨンソハシプシオ》　ゆるして下さい
汗水たらたら今度はこちらが習得する番です

いかなる国の言語にも遂に組み伏せられなかった
勁《つよ》いアルタイ語系の一つの精髄へ——
少しでも近づきたいと
あらゆる努力を払い
その美しい言語の森へと入ってゆきます

倭奴《ウェノム》の末裔《まつえい》であるわたくしは
緊張を欠けば
たちまちに恨《ハン》こもる言葉に
取って喰われそう
そんな虎《ホーランギ》が確実に潜んでいるのかもしれない
だが
むかしむかしの大昔を
「虎が煙草を吸う時代」と
言いならわす可笑《おか》しみもまた한글《ハングル》ならでは

どこか遠くで
笑いさざめく声

唄
すっとぼけ
ずっこけた
俗談の宝庫であり
諧謔《かいぎゃく》の森でもあり

大辞典を枕にうたた寝すれば
「君の入ってきかたが遅かった」と
尹東柱《ユントンジュ》にやさしく詰《なじ》られる
ほんとに遅かった
けれどなにごとも
遅すぎたとは思わないことにしています
若い詩人　尹東柱
一九四五年二月　福岡刑務所で獄死
それがあなたたちにとっての光復節
わたくしたちにとっては降伏節の
八月十五日をさかのぼる僅《わず》か半年前であったとは
まだ学生服を着たままで

純潔だけを凍結したようなあなたの瞳が眩《まぶ》しい

――空を仰ぎ一点のはじらいもなきことを――

とうたい
当時敢然と한글《ハングル》で詩を書いた
あなたの若さが眩しくそして痛ましい
木の切株に腰かけて
月光のように澄んだ詩篇のいくつかを
たどたどしい発音で読んでみるのだが
あなたはにこりともしない
是非もないこと
この先
どのあたりまで行けるでしょうか
行けるところまで
行き行きて倒れ伏すとも萩の原*

日清・日露戦争により日本は朝鮮の植民地化を進め、一九一〇年併合した。現地の人びとに日本語教育を強いたのだが、茨木はそのことを「ゆるして下さい」と率直

＊『おくのほそ道』曾良の句より。

に詫びる。母国語を愛する気持は人類共通だという思いから出たことだろう。茨木は少女時代に金素雲《キムソウン》の『朝鮮民謡選』を愛読していたが、本格的に韓国語を習いはじめたのは、夫没後の七六年からである。このあたりの消息はエッセイ集『ハングルへの旅』（朝日新聞社）に詳しい。尹東柱（一九一七〜四五）は朝鮮の詩人。朝鮮語使用が禁止されていたときに母国語で志操堅固な抒情詩を書いた。日本の同志社大学在学中、治安維持法によって逮捕され獄死した。「ハングル」は朝鮮語固有の表音文字。十の母音字と十四の子音字を組み合せて表記する。韓国語の学習は、のちに訳詩集『韓国現代詩選』となって結実した。『寸志』所収。

答

ばばさま
ばばさま
今までで
ばばさまが一番幸せだったのは
いつだった？

十四歳の私は突然祖母に問いかけた
ひどくさびしそうに見えた日に

来しかたを振りかえり
ゆっくり思いめぐらすと思いきや
祖母の答は間髪を入れずだった
「火鉢のまわりに子供たちを坐《すわ》らせて
かきもちを焼いてやったとき」

ふぶく夕
雪女のあらわれそうな夜
ほのかなランプのもとに五、六人
膝《ひざ》をそろえ火鉢をかこんで坐っていた
その子らのなかに私の母もいたのだろう

ながくながく準備されてきたような
問われることを待っていたような
あまりにも具体的な
答の迅《はや》さに驚いて
あれから五十年
ひとびとはみな
掻《か》き消すように居なくなり

私の胸のなかでだけ
ときおりさざめく
つつましい団欒《だんらん》

幻のかまくら

あの頃の祖母の年さえとっくに過ぎて
いましみじみと噛《か》みしめる
たった一言のなかに籠められていた
かきもちのように薄い薄い塩味のものを

「ばばさま」は母方の祖母で山形県の人。家は大地主だった。「ばばさま」が孫に問われて即答したのは、いつも彼女の胸に去来する情景だったからだろう。「かまくら」は雪で作った室《むろ》。中に莫《ご》蓙《ざ》などを敷き火鉢を置いて、子どもたちが餅を焼いたり甘酒を温めたりした。元は秋田県横手地方の小正月(陰暦一月十五日)の晩の行事。最終行の「かきもちのように薄い薄い塩味のもの」が効いている。それはいのちの味である。『食卓に珈琲の匂い流れ』所収。

さゆ

薬局へ
　──サユをください
と買いにきた若い女がいた
　──サユ？
　──ええ　子供に薬をのませるサユっていうもの　おいくら？
薬局は驚いて
　──ああた　白湯《さゆ》は買うもんじゃありませんよ
　湯ざましのことですに

若い母親の頭のなかでサユはいったいどんな形であったやら
怪訝《けげん》な顔で去ったという
白湯もまた遠ざかりゆく日本語なのか……
八雲《やくも》の怪談の　夜ごと水飴を買いにくる女は
艶冶《えんや》で哀れ深かったけれど

そんな話を聞いた日の深夜
しゅんしゅんと湯を沸かし
ふきながらゆっくりと飲む
まじりけなしの
白湯の
ただそれだけの深い味わい

「さゆ」の意味がわからない日本人は、残念ながら多くなっているかもしれない。「白湯」や「素湯」をさゆと読める人も少数だろう。白湯はそっけなく、味気ないのが事実だが、「まじりけなしの／白湯の／ただそれだけの深い味わい」と詩人は書く。さゆという美しい言葉とともに味わっているのだろう。『食卓に珈琲の匂い流れ』所収。

食卓に珈琲の匂い流れ

食卓に珈琲の匂い流れ

ふとつぶやいたひとりごと
あら
映画の台詞だったかしら
なにかの一行だったかしら
それとも私のからだの奥底から立ちのぼった溜息《ためいき》でしたか
豆から挽《ひ》きたてのキリマンジャロ
今さらながらにふりかえる
米も煙草も配給の
住まいは農家の納屋の二階　下では鶏《とり》がさわいでいた
さながら難民のようだった新婚時代
インスタントのネスカフェを飲んだのはいつだったか
みんな貧しくて

それなのに
シンポジウムだサークルだと沸きたっていた
やっと珈琲らしい珈琲がのめる時代
一滴一滴したたり落ちる液体の香り

静かな
日曜日の朝
食卓に珈琲の匂い流れ……
とつぶやいてみたい人々は
世界中で
さらにさらに増えつづける

『食卓に珈琲の匂い流れ』の表題作。詩人は或《あ》る朝、「食卓に珈琲の匂い流れ」とふとつぶやいた。意識下の言葉の堆積には、シャンソン歌手・石井好子の『巴里《パリ》の空の下オムレツのにおいは流れる』(六三年)かなんかがあったかもしれない。だが、茨木の意識はパリなどには向かわない。敗戦直後には小豆《あずき》の汁をコーヒー代わりにすすったという人の話を筆者は聞いたことがある。コーヒーらしいコーヒーを味わいたいという、つつましい欲望を満たしたい人が世界中に増えつづけている現状、そして未来を思い、暗澹《あんたん》とするのである。

時代おくれ

車がない
ワープロがない
ビデオデッキがない
ファックスがない
パソコン　インターネット　見たこともない
けれど格別支障もない

　そんなに情報集めてどうするの
　そんなに急いで何をするの
　頭はからっぽのまま

すぐに古びるがらくたは
我が山門に入《い》るを許さず
　（山門だって　木戸しかないのに）

はたから見れば嘲笑の時代おくれ
けれど進んで選びとった時代おくれ
　　　　もっともっと遅れたい

電話ひとつだって
おそるべき文明の利器で
ありがたがっているうちに
盗聴も自由とか
便利なものはたいてい不快な副作用をともなう
川のまんなかに小船を浮かべ
江戸時代のように密談しなければならない日がくるのかも

旧式の黒いダイアルを
ゆっくり廻《まわ》していると
相手は出ない
むなしく呼び出し音の鳴るあいだ
ふっと
行ったこともない

シッキムやブータンの子らの
襟足の匂いが風に乗って漂ってくる
どてらのような民族衣装
陽なたくさい枯草の匂い

何が起ろうと生き残れるのはあなたたち
まっとうとも思わずに
まっとうに生きているひとびとよ

『倚《よ》りかからず』所収。ないないづくしで始まる調子のいい詩だと他人事のように思っていると、「どうするの」「頭はからっぽのまま」とゴツンとやられる。「便利なものはたいてい不快な副作用をともなう」ということは事実である。インターネットを介しての犯罪も急増している。文明の利器にも「倚りかからず」ということか。「進んで選びとった時代おくれ」は、七一頁の「落ちこぼれ／華々しい意志であれ」と同じ精神から出ているといえよう。

倚りかからず

もはや
できあいの思想には倚《よ》りかかりたくない
もはや
できあいの宗教には倚りかかりたくない
もはや
できあいの学問には倚りかかりたくない
もはや
いかなる権威にも倚りかかりたくはない
ながく生きて
心底学んだのはそれぐらい
じぶんの耳目
じぶんの二本足のみで立っていて
なに不都合のことやある

倚りかかるとすれば
それは
椅子の背もたれだけ

『倚りかからず』は、詩集としては珍しく十五万部を超えるベストセラーとなった。本詩は表題作。楽をして、誰かに何かに頼って暮らしたいとのぞむ人が多い、気の抜けたご時勢に、物差しで背中を叩く音が聞こえてくるような詩である。たいへん立派な発言である。しかしながらそれを言いっぱなしでは立派すぎる。「倚りかかるとすれば／それは／椅子の背もたれだけ」とユーモラスな収束をはかっている。

ある一行

一九五〇年代
しきりに耳にし　目にし　身に沁《し》みた　ある一行

〈絶望の虚妄なること　まさに希望に相同じい*〉

魯迅が引用して有名になった
ハンガリーの詩人の一行

絶望といい希望といってもたかが知れている
うつろなることでは二つとも同じ
そんなものに足をとられず
淡々と生きて行け！
というふうに受けとって暗記したのだった
同じ訳者によって

〈絶望は虚妄だ　希望がそうであるように！〉

というわかりやすいのもある
今この深い言葉が一番必要なときに
誰も口の端《は》にのせないし
思い出しもしない

私はときどき呟《つぶや》いてみる
むかし暗記した古風な訳のほうで

〈絶望の虚妄なること　まさに希望に相同じい〉

＊ハンガリーの詩人・ペテーフィ・シャンドル（一八二三—四九）の言葉を魯迅が引用したもの（竹内好訳）

一九五〇年代は敗戦後の復興期だった。多くの人びとが生活の上でも信条の上でも大きすぎる変化を経験し、過酷な現実を生きねばならなかった。青年たちは烈《はげ》しく絶望し、烈しく希望したにちがいない。そういう時代にこの一行は箴言《しんげん》としてよく作用したというべきだろう。根底にはニヒリズムがあると読む人もいるだろうが、茨木はこの一行を「淡々と生きて行け！」ということだと、肯定的に受け取っている。よく地に足がついた見方である。『倚りかからず』所収。

夢

ふわりとした重み
からだのあちらこちらに
刻されるあなたのしるし
ゆっくりと
新婚の日々よりも焦らずに
おだやかに
執拗《しつよう》に
わたくしの全身を浸してくる
この世ならぬ充足感
のびのびとからだをひらいて
受け入れて
じぶんの声にふと目覚める

隣のベッドはからっぽなのに

あなたの気配はあまねく満ちて
音楽のようなものさえ鳴りいだす
余韻
夢ともうつつともしれず
からだに残ったものは
哀しいまでの清らかさ

やおら身を起し
数えれば　四十九日が明日という夜
あなたらしい挨拶でした
千万の思いをこめて
無言で
どうして受けとめずにいられましょう
愛されていることを
これが別れなのか
始まりなのかも
わからずに

茨木のり子は二〇〇六年二月十七日、クモ膜下出血のため急逝した。享年七十九。茨木は「Y」と書かれた箱に、一九七五年五月に死去した夫・三浦安信をしのぶ四十篇近い詩を書き溜《た》めていた。それらは生前公表されることはなかった。草稿の発見者である甥の宮崎治氏によって翌二〇〇七年、詩集『歳月』としてまとめられた。以下の詩は同書所収。

ここには、りんとした声を張って世間にもの申したり、ダメな男や女を叱りおく詩人はいない。いるのは可憐な恋の女であり、ふだん着の一人の人間である。幽明境を異にしながらの交接の夢は哀切でさえある。

恋唄

肉体をうしなって
あなたは一層　あなたになった
純粋の原酒《モルト》になって
一層わたしを酔わしめる

恋に肉体は不要なのかもしれない
けれど今　恋いわたるこのなつかしさは
肉体を通してしか
ついに得られなかったもの

どれほど多くのひとびとが
潜《くぐ》って行ったことでしょう
かかる矛盾の門を
惑乱し　涙し

身分違いの恋や、運命によって引き裂かれた恋、不可能な恋ほど恋人たちを燃え上がらせるもののようだ。恋の相手が死者である場合はなおさらだ。「恋に肉体は不要なのかもしれない／けれど」と、茨木はつつまずに書く。「かかる矛盾の門」を、人の子である詩人もくぐった。まなざしはいくらか遠く、さみしくなっているか。

急がなくては

急がなくてはなりません
静かに
急がなくてはなりません
感情を整えて
あなたのもとへ
急がなくてはなりません
あなたのかたわらで眠ること
ふたたび目覚めない眠りを眠ること
それがわたくしたちの成就です
辿《たど》る目的地のある　ありがたさ
ゆっくりと
急いでいます

相愛の夫婦だったゆえ、亡夫に待たれているような気がしていたのだろう。「急がなくては」という気持ちはいつごろから熟したのだろうか。茨木は「ゆっくりと」わき目もふらずに、急いでいった。「わたくしたちの成就」とは、互いの死をもって恋の成就とするということだろう。一生かけて恋いわたった人たちだからこそ言えることである。

（存在）

あなたは　もしかしたら
存在しなかったのかもしれない
あなたという形をとって　何か
素敵な気《き》がすうっと流れただけで

わたしも　ほんとうは
存在していないのかもしれない
何か在りげに
息などしてはいるけれども

ただ透明な気《き》と気《き》が
触れあっただけのような
それはそれでよかったような
いきものはすべてそうして消え失せてゆくような

この詩稿にはタイトルが付されておらず、目次のメモにあったタイトルをこの詩に付くべきものと推測し、括弧《かっこ》でくくって示したという。亡夫の肉体の記憶はだんだん薄れてゆき、「素敵な気がすうっと流れただけ」のように思えてきた。それとともに、自分の存在も「気」であるかのようにおぼつかない。最終連は存在の悲しみを超えて、胸を打つ。

歳月

真実を見きわめるのに
二十五年という歳月は短かったでしょうか
九十歳のあなたを想定してみる
八十歳のわたしを想定してみる
どちらかがぼけて
どちらかが疲れはて
あるいは二人ともそうなって
わけもわからず憎みあっている姿が
ちらっとよぎる
あるいはまた
ふんわりとした翁《おきな》と媼《おうな》になって
もう行きましょう　と
互いに首を締めようとして
その力さえなく尻餅なんかついている姿

けれど
歳月だけではないでしょう
たった一日っきりの
稲妻のような真実を
抱きしめて生き抜いている人もいますもの

『歳月』という詩集のタイトルは、この詩をもとに宮崎治氏によって付けられた。

「二十五年」は、結婚生活の歳月。夫没後に流れた歳月は三十一年である。この詩では年寄った自分たちを悪《いた》戯《ずら》っぽく想像している。しかしその想像に長く身をゆだねることはしない。

「たった一日っきりの／稲妻のような真実」は「ぎらりと光るダイヤのような日」（二八頁）と、長い時間を隔てて通底するものである。

茨木さんの素顔

天野祐吉

詩を書くより前の茨木さんに、「貝の子プチキュー」という童話の作品がある。これは一九四八年に、山本安英さんの朗読でNHKから放送された。

といっても、ぼくはその放送を聴いたわけではない。それどころか、茨木さんがそういう童話を書いていたこと自体、ずっと後になるまで知らなかった。

が、茨木さんのことを特集した本でこの童話を読んだとき、ぼくは息をのんだ。茨木さんのいちばん根っこにあるものに、素手で触れたような気がしたのだ。

あらすじを紹介しても作品にただよっている澄んだ空気を伝えることはできないが、ざっとこんな話である。

来る日も来る日も海の砂にもぐって暮らしていた貝の子のプチキューは、ある晩、「いつもいつも同じことの繰り返しでつまらないなあ」と嘆く波の声を聞いて、まだ見たことのない世界を見たいと旅に出る。で、さまざまな体験をしたのち、海岸の岩によじ登ったプチキューは、そこで満天の星空と出会う。が、走り回った疲れから、美しい星空を見ながらプチキューは、岩の上で息が絶え、最後にことばを交わしたカ

絵本『貝の子プチキュー』（福音館書店）茨木のり子 作　山内ふじ江 絵
茨木のり子が1948年に朗読のために書いた童話を絵本化したもので、死の四か月後の2006年６月に刊行された。生涯で唯一の絵本となった。

ニにむしゃむしゃ食べられてしまう……。

プチキューの貝がらだけが波に洗われて、ポッカリ口をあけていました。
だれもプチキューが死んだのを知っている人はいませんでした。
その次の晩もまばゆいばかりの星月夜でした……。
その次の晩も……。
その次の晩も……。

この結末を聞いて、「むごい」とか「つめたい」と批判する人がいたら、それはまったくのお門違いというものだろう。岸田衿子さんが、「ここには宇宙と少年のドラマが隠されている」という意味のことを言っていたが、たしかにこの童話の舞台は、満天の星が象徴している壮大な宇宙である。プチキューの死は、そんな宇宙のなかの死であって、茨木さんはそれを、日常的な情緒の世界にとらわれることなく、ただ「そうあるもの」として見ているのだ。

そんな茨木さんの目は、その後に発表された数々のすぐれた詩作にも感じられる。ぼくは茨木さんに数回しか会ったことはないが、そのたびに感じたのも、茨木さんのクールで優しい目の光だった。

（コラムニスト）

主著・参考文献

〈詩集〉

『対話』　一九五五年　不知火社刊（二〇〇一年、童話屋より新装版）
『見えない配達夫』　一九五八年　飯塚書店刊（二〇〇一年、童話屋より新装版）
『鎮魂歌』　一九六五年　思潮社刊（二〇〇一年、童話屋より新装版）
『人名詩集』　一九七一年　山梨シルクセンター出版部刊（二〇〇二年、童話屋より新装版）
『自分の感受性くらい』　一九七七年　花神社刊
『寸志』　一九八二年　花神社刊
翻訳詩集『韓国現代詩選』　一九九〇年　花神社刊
『食卓に珈琲の匂い流れ』　一九九二年　花神社刊
『倚りかからず』　一九九九年　筑摩書房刊（二〇〇七年、ちくま文庫）
『歳月』　二〇〇七年　花神社刊

〈主な選詩集〉

『茨木のり子詩集』（現代詩文庫20）　一九六九年　思潮社刊
『茨木のり子詩集』（現代の詩人7）　一九八三年　中央公論社刊
『おんなのことば』　一九九四年　童話屋刊
『茨木のり子集　言の葉』（全三巻）　二〇〇二年　筑摩書房刊
『落ちこぼれ』　二〇〇四年　理論社刊

〈主なエッセイ集〉

『うたの心に生きた人々』　一九六七年　さ・え・ら書房刊（一九九四年、ちくま文庫）
『言の葉さやげ』　一九七五年　花神社刊
『詩のこころを読む』（岩波ジュニア新書）　一九七九年　岩波書店刊

『ハングルへの旅』　一九八六年　朝日新聞社刊（一九八九年、朝日文庫）
『一本の茎の上に』　一九九四年　筑摩書房刊（二〇〇九年、ちくま文庫）
『貘さんがゆく』　一九九九年　童話屋刊
『個人のたたかい——金子光晴の死と真実』　一九九九年　童話屋刊

〈絵本〉
『貝の子プチキュー』（絵　山内ふじ江）　二〇〇六年　福音館書店刊

〈主な参考文献（評伝など）〉
『茨木のり子』（花神ブックス1）　一九八五年　花神社刊
「現代詩手帖」二〇〇六年四月号「茨木のり子 追悼特集」

＊このほか、二〇一〇年二月に、花神社より『茨木のり子全詩集』（全一巻）が刊行される予定。

1999年（**平11**）　10月、詩集『倚りかからず』筑摩書房刊。〔73歳〕

2000年（**平12**）　4月、大動脈解離のため入院。〔74歳〕

2002年（**平14**）　7月、弟英一死去。8～10月、『茨木のり子集　言の葉』（全3巻）筑摩書房刊。〔76歳〕

2004年（**平16**）　1月、選詩集『落ちこぼれ』理論社刊。〔78歳〕

2006年（**平18**）　2月17日、クモ膜下出血のため、死去。享年79。2月19日、東伏見の自宅で死亡が確認される。遺志により葬儀・偲ぶ会は行なわず、生前用意された手紙が、親しい友人、知人に送られた。日本海を望む鶴岡市浄禅寺の墓所に、夫安信と共に眠る。6月、書斎から、夫への想いを綴った詩が入った「Y」の箱が発見される。

2007年（**平19**）　2月、「Y」の箱に収められた詩は、花神社より詩集『歳月』として刊行された。

自宅2階の書斎。生前のままに保たれている。書棚には、詩や文学の本に交じって、韓国語や料理の本が並んでいる。

1991年、自宅にて。

自宅及び原稿撮影：坂本真典　写真提供：宮崎治

1976年（**昭51**）　４月、韓国語を習い始める。動機は、夫が亡くなった失意から立ち直るため前に進もうとしたことや、かつて抹殺した朝鮮の言葉を今度はこちらが一心不乱に学ばなければと痛感したことなど。〔50歳〕

1977年（**昭52**）　３月、詩集『自分の感受性くらい』花神社刊。〔51歳〕

1979年（**昭54**）　６月、『櫂・連詩』思潮社刊。〔53歳〕

1982年（**昭57**）　12月、詩集『寸志』花神社刊。〔56歳〕

1990年（**平2**）　11月、翻訳詩集『韓国現代詩選』花神社刊。〔64歳〕

1991年（**平3**）　２月、『韓国現代詩選』にて読売文学賞受賞。〔65歳〕

1992年（**平4**）　12月、詩集『食卓に珈琲の匂い流れ』花神社刊。〔66歳〕

1994年（**平6**）　８月、選詩集『おんなのことば』童話屋刊。〔68歳〕

『倚りかからず』にうたわれた愛用の椅子は、今も自宅リビングに。

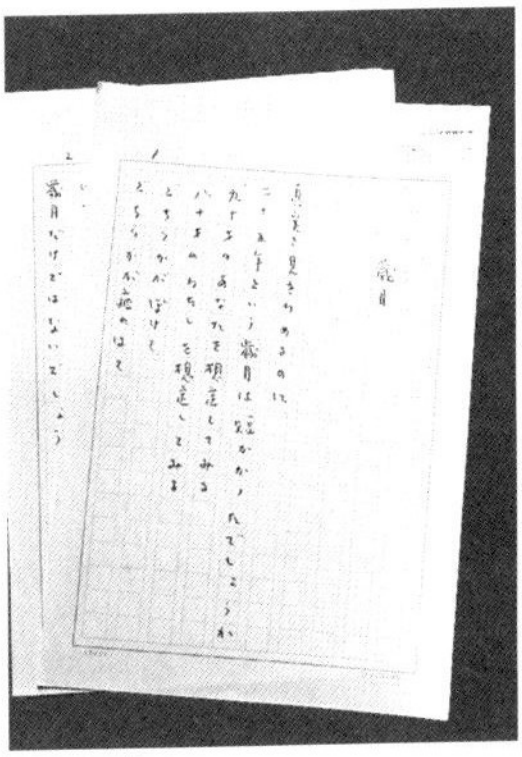

没後に発見された「Y」の箱に収められていた「歳月」の詩。

江俊夫らが参加。〔27歳〕

1955年(**昭30**) 11月、詩集『対話』不知火社刊。〔29歳〕

1957年(**昭32**) 10月、「櫂」解散。〔31歳〕

1958年(**昭33**) 10月、保谷市(現・西東京市)東伏見に家を建てる。11月、詩集『見えない配達夫』飯塚書店刊。〔32歳〕

1963年(**昭38**) 4月、父洪死去、弟英一が医院の跡を継ぐ。〔37歳〕

1965年(**昭40**) 1月、詩集『鎮魂歌』思潮社刊。12月、「櫂」復刊。〔39歳〕

1969年(**昭44**) 3月、現代詩文庫20『茨木のり子』思潮社刊。〔43歳〕

1971年(**昭46**) 5月、詩集『人名詩集』山梨シルクセンター出版部刊。〔45歳〕

1975年(**昭50**) 5月、夫安信、死去。25年を共にし、戦後を共有した一番の同志を失った感を痛切にして「虎のように泣く」。〔49歳〕

谷川俊太郎宅で櫂のメンバーと。奥左から、谷川俊太郎、川崎洋、水尾比呂志、手前左から、舟岡遊治郎、茨木。

自宅書斎で。

聞戯曲第１回募集に佳作当選。
〔20歳〕

1947年（**昭22**）　女優・山本安英と出会い、これ以後生涯にわたる親交のなかで、「女の生きかた」の一番大切なところを学び吸収していった。〔21歳〕

1949年（**昭24**）　11月、鶴岡出身の医師、三浦安信と結婚。夫は新しい医学の在りかたを求める意欲的な勤務医で、物書きの道を進む妻を温かく見守ってくれる「上等の男性」だった。〔23歳〕

1950年（**昭25**）　芝居や戯曲の台詞における「詩」の欠如に気づき、詩の本格的な勉強を始める。詩学研究会に詩を投稿。村野四郎、嵯峨信之、長江道太郎、鮎川信夫、木原孝一、各氏の選。投稿に際し「本名では何やら恥しい」ので、そのときラジオから流れてきた謡曲の「茨木」をペンネームに決める。のり子は本名のまま。〔24歳〕

1953年（**昭28**）　５月、詩学研究会に投稿していた川崎洋と共に同人誌「櫂」創刊。以後、谷川俊太郎、吉野弘、舟岡遊治郎、友竹辰、大岡信、水尾比呂志、岸田衿子、中

二十歳を迎えたのり子。この年、薬学部を繰り上げ卒業。

愛知県の吉良吉田海岸にて、夫・安信と。

1941年（**昭16**）　太平洋戦争勃発。全国で最初に校服をモンペに改めた学校で良妻賢母教育と軍国主義教育とを一身に浴びる。〔15歳〕

1942年（**昭17**）　父洪は、愛知県幡豆郡吉良町吉田で病院を開業する。三河湾に面した吉良町に転居。〔16歳〕

1943年（**昭18**）「女も資格を身につけて一人で生き抜く力を持たねばならぬ」という開明的な父の方針により、帝国女子医学・薬学・理学専門学校（現・東邦大学）薬学部に入学。新刊本が少なかったこの時期、『万葉集』（武田祐吉編）を買い求め、熟読する。〔17歳〕

1945年（**昭20**）　学徒動員で世田谷区上馬の海軍療品廠で就業中、敗戦の放送を聞く。翌日友人と二人で東海道線を無賃乗車し郷里にたどりつく。〔19歳〕

1946年（**昭21**）　4月、帝国女子医学薬学部再開。夏、帝劇でシェークスピア「真夏の夜の夢」を観て以来、新劇に熱中。9月、繰り上げ卒業して薬剤師の資格を得るが、その職につくことはなかった。戯曲「とほつみおやたち」が読売新

母・勝と。実の母とは11歳で死別する。

12歳の誕生日に、自転車に乗るのり子。

茨木のり子　年譜

1926年(**大15**)　6月12日、宮崎洪と勝の長女として、父の赴任地の大阪で生れる。父はスイス留学の経験もある長野県出身の医師、母は山形県庄内出身。

1928年(**昭3**)　弟英一生れる。家庭内では母がしゃべる庄内弁をたっぷり浴びて育つ。〔2歳〕

1931年(**昭6**)　父の転勤により京都に転居。京都下総幼稚園に入園。〔5歳〕

1932年(**昭7**)　愛知県西尾市に転居。〔6歳〕

1933年(**昭8**)　愛知県西尾小学校入学。母の影響で宝塚歌劇の舞台に夢中となる。〔7歳〕

1937年(**昭12**)　11月、母勝、死去。この年、日中戦争勃発。〔11歳〕

1939年(**昭14**)　愛知県立西尾女学校入学。第二の母のぶ子を迎える。「活字の虫」のような本好きで、夏目漱石、森鷗外、中勘助、佐藤春夫、吉川英治、林芙美子、吉屋信子、横光利一などを手当たり次第に読む。〔13歳〕

3歳の時、両親と。

2歳下の弟、英一と。仲良し姉弟であった。

茨木のり子（いばらぎ・のりこ）

１９２６年（大正15）～２００６年（平成18）。大阪に生まれる。二十歳の頃から戯曲や詩を書き始め、１９５３年（昭和28）、川崎洋とともに詩の同人誌「櫂」を創刊。以後、戦後詩の牽引者として活躍した。詩、エッセイ、童話など著作多数。２００６年２月17日、79歳で死去。没後、亡き夫への想いを書き留めた詩篇が発見され、詩集『歳月』として刊行された。

選・鑑賞解説　高橋順子（たかはし・じゅんこ）

１９４４年（昭和19）、千葉県生まれ。詩人。

永遠の詩②
茨木のり子

２００９年11月30日　第一版第一刷発行
２０１０年11月２日　第一版第四刷発行

著　者　茨木のり子
発行者　蔵　敏則
発行所　株式会社小学館
〒１０１－８００１　東京都千代田区一ツ橋２－３－１
電話　編集　０３－３２３０－５１１８
　　　販売　０３－５２８１－３５５５
印刷所　凸版印刷株式会社
製本所　牧製本印刷株式会社

ISBN ９７８－４－０９－６７７２１２－６

<永遠の詩>

孤独なこころを、詩がひらく――　全8冊

01. 金子みすゞ　選・鑑賞解説 矢崎節夫

02. 茨木のり子　選・鑑賞解説 高橋順子

03. 山之口 貘　選・鑑賞解説 井川博年

04. 中原 中也　選・鑑賞解説 高橋順子

05. 石垣 りん　選・鑑賞解説 井川博年

06. 宮沢 賢治　選・鑑賞解説 高橋順子

07. 萩原朔太郎　選・鑑賞解説 高橋順子

08. 八木 重吉　選・鑑賞解説 井川博年